꽃에 대한 명상

시와소금 시인선 161

꽃에 대한 명상

ⓒ이금진, 2023, printed in Seoul, Korea

초판 1쇄 인쇄 2023년 11월 15일
초판 1쇄 발행 2023년 11월 20일

지은이 이금진
펴낸이 임세한
펴낸곳 시와소금
디자인 유재미 정지은

출판등록 2014년 1월 28일 제424호
발행처 강원 춘천시 충혼길20번길 4, 1층 (우-24436)
편집·인쇄 서울시 중구 퇴계로50길 43-7 (우-04618)
전화 (033)251-1195(팩스겸용), 휴대폰 010-5211-1195
전자주소 sisogum@hanmail.net
ISBN 979-11-6325-069-2 03810

값 12,000원

시와소금 시인선 · 161

꽃에 대한 명상

이금진 시조집

시와소금

▌이금진

- 부산 가덕도 출생
- 2015년 《경남문학》 시조 등단
- 2019년 《서정과현실》 신인상 당선
- 시조집 『꿈꾸는 봄날』이 있음
- 이메일 : jinhaelkg@naver.com

덜 영글은 시조를
또 책으로 묶는다
부끄럽다

그러나
정형시를 쓰면서
뚜벅뚜벅 걸어갈 것이다
우보천리처럼…

| 차례 |

| 시인의 말 |

제1부 달밤의 연가

제2부 나도바람꽃

제3부 폐타이어

제4부 금둔사 홍매

제 **1** 부

달밤의 연가

달밤의 연가

장복산 골짝에서 뻐꾸기 한 마리
유리창을 내려다보고 슬피 울고 있다
무엇이 그렇게 서러우냐 나더러 어쩌라고
나도 펑펑 울고 싶은데 너랑나랑
이참에 밤새도록 한 번 울어볼까

네 녀석 뻐꾹뻐꾹 울고 나는 가만히 울고

행암포구

바다와 철길이 공존하는 평온한 마을
낮달이 훔쳐보는 고요한 포구에는
시간과 시간이 빚어낸 물비늘 아롱댄다

기차 없는 기찻길을 나란히 걸어가는
핑크빛 연인들의 달콤한 꿈의 대화
화사한 사진첩 읽듯
선물 같은 여름 한 폭

물보라 일으키며 진해만을 다녀온
낚싯배의 쇠닻을 내려놓고 졸고 있다
저물어 빈 의자 앉아있는
저 파도, 파도 소리

영화, 한산

식탁을 마주 보는 티브이엔 나랏님
취임식 날 백일의 주요 뉴스가 나오고
곁들인 여야 승패 없는
정쟁이 와자하다

즈음해 당도한 영화 한산은 흥행몰이를
관람하는 내내 그 의미가 새롭다
의리와 불의를 위해 싸운다는 사령관

남의 말을 경청하며 나라 위해 고뇌하는
오늘따라 한산 바다 침묵하듯 고요하다
찬란한 그 이름 순신
울컥 벅차오른다

백담사 계곡

― 돌탑

공손히 돌을 쥐는 그 순간 맥박이 뛰네
체온을 느껴보네 생명체가 옮겨오네

누군가 얹고 간 소원석 위
내 소원석 하나 얹고

쏴쏴쏴, 계곡물에 구르는 조약돌
돌의 크기와 무게는 각각인데

기원은 서로가 똑같아
꼭 껴안고 품었다

라오스, 붓다

땅속에 묻혀있던 부처의 파편들이
세상 밖으로 구경나와 이리저리 뒹군다
저 일을 어찌할까나
퍼즐처럼 맞춰볼까

어느 나라 같으면 문화재 발굴됐다고
아홉시 톱뉴스 시간에 나올법한데
쯧쯧쯧, 쓰레기처럼
천덕꾸러기 신세다

그렇게 할 수 있다면 나발두상 고이고이
가방에 담아 와서 뜰 안에 모셔놓고
공양을 올리고 싶다
부처님, 우리 부처님

그 가을, 순천만

저 햇살 시나브로 번져오는 갈대숲
끝없는 곡창지대 평야 온 듯 푸근하다

어쩌면 가을걷이 앞둔
정겨운 들녘 같은

이 하루 낡은 시간 겹이 진 습지에는
타다만 산빛 노을 살포시 내려앉아

미미한 은회색 갈꽃
저리도 몽환적이다

해질녘 먼 허공을 가르며 울부짖는
철새 떼 군무는 슬픈 계절의 노랫소리

또 한 번 가을이 진다
아, 남도 삼백리

팔순, 원앙부부

아들은 이민갔고 딸내미는 대전 산다
남녀의 병실을 마주보며 한날한시
입원한
아랫층 노부부
나이 듦이 서러워라

눈뜨며 밤사이 안부도 물어보고
때마다 서로 간의 식사도 챙겨주는
나란히
링거병 걸고
복도에서 운동한다

이제부터 병원 문 닳도록 다닐 텐데
백세의 인생을 의지하고 누릴 수 있는
공무원
퇴직 연금이 있어
자식보다 더 좋은 거

거리 가게
― 노점

하단역에서 봄을 파는 파파 할머니
쑥, 냉이 그 옆에 돌나물 머위나물
관절에 좋다는 우슬, 꽃샘 한줌까지

이천 원 삼천 원 프라스틱 대야마다
라벨을 부쳐놓고 행인을 바라보는
저 눈빛, 눈빛이 애절하다
골목바람 차가운데

손가락이 주머니에서 만지작 만지작이며
마수걸이 연두 봄을 건네고 돌아서는데
고향 집 어머니 생각에
콧등이 찡해온다

단풍잎

시루봉 갤러리에서 전시회 연 맑은 날
풀벌레 화가들이 여름내 애를 써서
입으로 그린 그림들은 나뭇잎 판화들

액자마다 천연색 빛깔이 참 고와요
이 많은 판화들을 언제다 작업했을까

그런데 입장료 공짜
대박, 복 받을 껴

상군해녀와 애기해녀
— KBS 인간극장

늘 푸른 바다목장을 제 안방 드나들 듯
상군해녀와 애기해녀가 헤집고 다닌다
두 여인 엄마와 딸처럼 갈등 없는 고부간

그물 그릇에 또 하루를 담아놓고
수없이 이승문과 저승 문을 오가는
두 여인 스승과 제자인 듯
영원한 제국의 딸들

오늘도 비양도가 부른다, 맑음이라고
댓돌 위에 앉아서 도란도란 오순도순
정답게 오리발 신는
저 어멍의 숨비소리

그리고 우포
— 우포시조문학관

해종일 오지 않는 그대를 기다리네
목포벌에 기대 사는 하얀 집 한 채

들머리 개성이 다른 시화들은 손을 잡고

발코니에서 서성이던 중절모 노시인
저만치 사지포 어깨 위에 내려앉은

꽃노을 바라보면서 무슨 생각 하실까

쪽지벌 세트장에 다 낡은 조각배 하나
구월 근처 서걱거리는 갈댓잎 꺾어서

초록빛 칠십만 평의 긴 긴 일기를 쓴다

부추꽃

부침개 잔치국수 재첩국 계란말이
고명으로 쓰임새가 다양한 정구지

작물은 주인 발자국 따라
키가 큰다는데

텃밭 반 평 남짓 고봉이던 초록빛
구월 햇볕 아래서 보이소 보이소

오종종 별꽃은 피어
이랑은 꽃밭입니다

큰오빠

왕년에 광복거릴 휘저으며 다니던
누구는 탤런트보다 더 잘생긴 미남이었죠
꽁무니, 아가씨들이 쫄랑쫄랑 따라다녔죠

결혼해선 딸, 딸만 줄줄이 넷을 낳았죠
한집안 장손인데 장손 노릇 못한다고
아버지 자린고비한테 지청구를 들었죠

올케언니 아기를 꼭 껴안고 울었죠
노후에는 효녀들한테 호강하는 오빠
아무런 근심 걱정 없는 여전한 멋쟁이죠

부엉이 칼국수

운주사 부처님께 문안 인사 갔더니
건강이 안 좋으신지 하루 종일 누워있다
짠하고 서운한 마음에
두덜두덜 하산하는 길

아무리 그렇지만 인심도 야박해라
절집에서 점심땐데 공양도 안 주냐
절 식구 저거만 먹고 동네방네 소문내야지

저 아래 칼국수집 수더분한 여사장님
문 앞에서 요기하고 가라고 부른다
어머나, 노랑 냄비가
벌교 갯벌 한 척이다

갯메꽃

한여름 여리디여린
세 자매를 등에 업고

조심조심 모래언덕
오르는 덩굴손이

예전에 울 엄마처럼
손톱이 다 닳았네

천년지기

만추를 단청하는 노거수 은행나무
천년을 장승처럼 용문사를 수호하며
경순왕, 마의태자 보았고 의상을 친견했다는

용문산 정기 받아 위풍당당한 민얼굴
철제 난간에다 복 주이소, 복 주이소
소원지 켜켜이 거는
손가락들이 미주알고주알

십 리 밖까지 금싸라기 팔랑팔랑 날리고
해마다 은행알을 한 섬씩 베풀고 있다
구례군 오미리 마을의
운조루 음덕처럼

* 용문사 은행나무 천연기념물(제30호)

감기

입동 무렵 일찌감치 겨우살이 하려고
초인종을 유별나게 눌러대는 달갑잖은
저 손님, 저승사자보다 더 무섭고 무서워서

보일러를 켜주고 이부자리 봐주고
따뜻한 그 손으로 이마도 짚어보고
판콜A 서너 번 먹여보다
한약을 먹여보다

생강차 달여주고 모과차를 우려주어도
집 떠날 생각일랑 도통 안 하네 큰일이네
오늘은 병원에 가서
링거 한 대 꽂아 줄까 봐

제 2 부

해국海菊

간월암

무거운 절집 한 채 업고 사는 간월도
그믐밤 싸락별이 마당에 내려앉아
반가운
연인들처럼
이슥토록 속삭인다

외톨이 부처님 실눈 뜨고 못 본 척
먹물옷 여미면서 줄 배 타는 민머리
이 땅위
마지막 유랑승
물 건너 탁발 왔을까

폐차장에서

한때는 도로의 무법자였던 덤프트럭
당당했던 그 모습은 어디로 갔을까
앞면이 일그러진 채 비스듬히 누워있다

가까이 가기에는 두려웠던 외제차
몸에는 조각 파편 촘촘히 박혀있다
그 옆에 두 눈을 잃은
미니카가 헤매고 있다

얼굴에는 거뭇거뭇
검버섯 핀 늙은 차
구석에서 종일토록
훌쩍이며 울고 있다
도심 속 갈 곳 없는 유령들
대낮부터 떠다닌다

간절곶

후두둑, 가을이 진
너른 바다 일렁인다
소금알갱이 알알이 머금은 저 물빛
별이 된 어느 소녀의
눈동자처럼 해맑다

외로운 수평선을
하염없이 바라보는
몸피가 큰 소망 우체통 앞에 서서
한 통의 수신인 없는
손 편지를 써본다

갓 피어난 이태원의 희생자 푸름들이여
미안해요 죄송해요 너무너무 슬퍼요
먼 먼 길 가다 또 쓰러질라
조심조심 잘 가요…

꽃에 대한 명상

마당가에 우두커니 앉아있는 돌절구
돌에는 백 년쯤에야 꽃이 핀다는데
얼굴에 저승꽃 핀 듯
다문다문 돌꽃 피었네

어머니, 그 어머니가 다듬어 논 돌절구
곱디고운 연꽃 한 송이 이슬 달고 피었네
밤사이 뉘가 다녀갔을까
두 여인의 등이 떴네

가을 주산지

용추계곡 탈출한 소금쟁이 제비족
구름송이 몽글몽글 떠 있는 호수 위
신나게 장단 맞추며 개다리춤 추고 있다

주왕산 골짝바람 어깨가 우쭐우쭐
둑가에 앉아있는 단풍놀이 온 연인들
우우우 파이팅, 파이팅
기립박수 환호하고

해종일 지칠 줄 모르는 저 춤쟁이
해거름 핏빛노을 손잡고 또 춤추는데
긴 발톱 알록달록한 네일아트 그려져 있다

나는 신여성이다

성경책 옆에 끼고 주말마다 교회 가는
위층의 구두 발자국 소리 또각또각
그 여인 박꽃처럼 우아한 동경여고 졸업생
눈뜨면 조간을 보고 짬짬이 책을 읽는
한글보다 한문에 더 능통하고 박식한
그 여인 노인복지관에는 어울리지 못했다

화사한 윤사월 수의 한 벌 차려입고
머 언 먼 우주국으로 투어를 떠났는데
그 나라 이동도서관과 신문이 있을까

해국海菊

비좁은 바위틈새 옴짝달싹 못하고
소금꽃 화관을 이고 선, 쪼그만
섬 아이 엄마가 그리워서
그리워서 슬픈 아이

부초처럼 표류하다 떠 있는 섬, 독도에
해신이 피웠을까 흐드러진 국화꽃
저 멀리 난바다에서
손을, 손을 흔들고 있다

난계* 데드마스크
― 오영수 문학관

화장산 그늘에서 명상하는 봉분 하나

생전에 낚시를 하고 어탁을 뜨고

그림을 그리곤 했던
유리관 속 그분

언제나 그 얼굴에는 난향이 풍긴다네

마지막 온기가 남아있는 아버지

판화가 오윤*의 걸작
난계 데드마스크

* 난계 : 오영수 호
* 오윤 : 오영수 아들

40

해바라기꽃
— 강주마을

햇님만 바라보던 눈이 큰 해바라기
그만 전이가 되어 얼굴이 샛노랗다
어쩌나 부끄러워서
고개를 숙였다

그런데 한 여름 휴가객들이 자꾸만
사진 찍고 싶다고 휴대폰을 들이댄다
모델료 무료 서비스
오늘은 복 받은 날

갓바위 가는 길

내일모레 글피 다음 날이 수능일이다
영험 있다고 전국으로 소문난 기도처
돌계단 수험생 엄마들이
꼬리에 꼬리를 물고

학사모 부처님께 염주 알 돌리면서
쉼 없이 겸손하듯 백배 천배 하고 있다
저 모성 자식은 전생에
빚쟁이라고 하더니

엄마의 기도는 평생 해도 다 못하고
자식을 위한 부모의 끝이 없는 그 마음
무짠지, 설익은 공양하고
또다시 무릎 꿇는다

빅토리아 수련
― 부여 궁남지

둥글넓적한 화반 모퉁이에 피어있는
가시연 한 송이 향낭을 찬 궁녀 같다

누구의 애간장을 녹일까
저토록 요염해서

화무십일홍 이틀간의 한 생이 원통해서
못가에 천 개의 아기별들을 초대해 놓고

대관식 화려하게 치르다
물속으로 가라앉는 너

겨울비

적막한 빈 뜨락에 눈물을 머금은
겨울비 가만가만 그대 오듯 옵니다

먼 봄은
저 산 아래에서
웅크리고 앉았는데

행여나 빗길 따라 그대가 올까 봐
진종일 이 마음 설레어 옵니다

다저녁
우산을 펴들고
마당에서 서성입니다

보도블록 위의 봄

천지가 미세먼지 때문에 우중충한데
보도블록 위 예고 없이 내려앉은 사월
잰걸음 밟히고 짓눌려도

더 샛노란 민들레

여백에 무명 화가가 점 하나 찍어 놓고
하늘을 향하여 저항하듯 투쟁하듯
기지개 활짝 켜고 있다

환하다, 저 꽃

봄바람에 머리 풀고 날아가는 홀씨들
오늘은 어디쯤 날아가서 정착할까
질기고 강인한 생명력

뉘 나라 국민성 같다

공손한 절

육대 앞 사거리에서 원색의 자켓들이
공약을 뜬구름 위 한 보따리 올려놓고
출근길 차량을 바라보며 손 흔들고 절을 한다

공손한 저 절을 누구한테 해보았을까
선거 땐 절 받기가 민망하고 쑥스럽다
그동안 절 받은 값을 치러야 할 텐데

이 후보가 저 후보 같고
저 후보가 이 후보 같고
알 수 없는 사람들
어느 분을 선택할까
오늘은 지방선거 하는 날
투표는 민주주의 꽃

출가

어머니 마른 가슴에 대못을 박아놓고
댓돌 위 가지런히 앉아있는 고무신들
천년의 절집 죽비소리 참 나를 깨운다

우리는 전생에
무슨 인연이기에
길 없는 길 찾아가는 순례자가 되어서
가야산 절에서 만났을까 반갑네 반가우이

여보게 친구 자네와 난
다음 생애에도
나란히 어깨 걸고 걸어가는 도반 되어
그물에 걸리지 않는 바람처럼 살아보세

해금강

외도 가는 뱃길에는 섬과 섬을 이어주는
섬들이 징검돌처럼 겅중겅중 놓여있고
저만치 바람의 풍차 등대처럼 서 있다

유람선 포말을 따라오는 물새 떼
또 하나 조그만 바다를 탁 터뜨려
손바닥 새우깡 올려놓자 생존의 반란이다

해거름 사자바위 정수리를 밟고 있는
붉디붉은 저 노을, 돋는 해보다 지는 해

더 붉게 활활 타 오른다

먼 당신의 황혼처럼

할매보살

기도 객이 왁자한 갓바위 입구에서
봄나물 서너 가지 신문지에 펼쳐 논
할매는 장사 안 하고
고개 방아 찧고 있다

얇은 봄 파릇파릇 꿈속의 극락세계
휑하니 미리 다녀오신 모양이다
그 세계 과연 어땠는지
한 번 여쭤나 볼까

제 **3** 부
폐타이어

페타이어

각이 진 벽돌과 다 닮은 타이어가
바닷가 스레이트 지붕 위에 앉아서

바람이
불어오면 서로
꼬옥 안아준다

갯마을 한 가족 보금자리를 책임지는
저 모난 외모와 둥글둥글한 외모는

특별한
특별한 만남이다
손님같이 연인같이

용원어시장

비린내 자욱한 어시장의 신새벽
어부들이 옮겨온 가덕도 그 바다를

장바닥
만삭인 대구들이
산통을 호소한다

반짝이는 불빛 아래 어룽진 몸뻬 바지
손님을 불러놓고 호객하는 아지매들

이모야
이모야 불러댄다
활어 같은 그 들의 삶

발품 부지런히 팔아 온 푸짐한 밥상
대구의 맑은 탕에 훈김이 모락모락

식구들

온기가 핀다

그렇게 아침이 핀다

울릉도

―죽도

울릉도에서 바라보며 유채꽃 흐드러진
달팽이 층층 계단 숨 가쁘게 오르며
언덕 위 동화나라 온 듯
이국적인 집 한 채

신우대 울어대는 육면체 그 섬에는
토박이 노총각과 대구에서 시집온
노처녀 아들 하나 낳고
알콩달콩 살고 있다

환한 봄날 너울 파도 타고 온 관광객들
특산품의 더덕 쥬스 잔 건네주는
그들은 아름다운 동행
섬 지킴이 부부

재건축

금이 간 벽에는 초록 이끼 살고 있다
재건축에 밀려난 양정동 한 집 두 집

어느새 이사 다 가고
동네가 <u>으스스하다</u>

길 건너 빈집에는 남몰래 두고 간
빨간 입술 장미가 산복도로 쳐다본다

엄마가 타고 다니던
마을버스 올까 봐

접시꽃

마천동 주민센터 앞마당에는 접시꽃

다층으로 피어서 생글생글 방긋방긋

환하게 안녕하세요
웃으며 맞이한다

어서 오세요, 뭘 도와 드릴까요

친절한 공무원이 반갑게 인사하듯

뙤약볕 더운 줄도 모르고
여름꽃 한창이다

차마고도

—마지막 마방

일부다처재라 아내를 동생한테 맡겨놓고
마을을 떠나가는 말몰이 말몰이꾼들
말 등이 활처럼 휘도록 차를 싣고 소금을 싣고

굽이굽이 강물 따라 미로 같은 협곡을 따라
신에게 기원하며 사계절로 가는 길
가다가 말이 죽으면 독수리가 천장을 하는

생애를 말과 함께 걸어온 저 마방들
그들의 삶과 삶은 고행으로 이어진 듯
멀고 먼 길 위의 여정 걷고 또 걷는다

여수 오동도
— 동백꽃

오늘은 오시려나 내일은 오시려나
그리움에 지쳤는지 기다림에 지쳤는지

고요한
밤바다에 투신하듯
온몸으로 뚝뚝 지는

안골포

곳곳에는 임진왜란 석성이 남아있고
호수 같은 포구에 잔물결 여울진다
다 낡은 낚시배 노옹 시간의 현을 켠다
오늘따라 소금 바람 한 점 없는 갯마을
여기는 해전의 승전보를 울린 곳
굴까는 억척 아낙네들 트롯가락 차차차

가을이면 집 나간 며느리가 돌아온다는
진해만 떡전어가 물 위에서 유영을 한다
대가리 깨 서 말 들었다는 요녀석 잡을까 말까

아지랑이

가만히 연두를 데리고 온 안개비

개나리는 조그만 봄님이 슬픈지

눈가에 닭똥 같은 눈물이

방울방울 맺혔다

뒷간

겨울도 봄도 아닌 어중간한 그사이
아득한 순천만 갈대밭을 지나서
선암사 무우전 담장에 핀
고매화 보러 오셔요

조계산 산그늘이 드리울 즈음이나
꽃비가 난분분 난분분 내리기 전
꼭 한 번 놀러오셔요
그대를 기다릴래요

그대의 삶에 근심 걱정이 있다면
아무런 생각 없이 천년 절집 오셔서
대문 옆 뒷간 들렸다가
싹 비우고 오셔요

경칩 즈음에

엊그제 경칩 손님 방문하고 갔는데
여태 밭고랑에서 낮잠 자는 게으른

이 녀석 호미질에 화들짝
삼십육계 줄행랑친다

다른 친구들은 개울가에 아들딸을
오글오글 낳아놓고 자식자랑 하느라

밤낮을 쉴 새 없이 우는데
개굴개굴 개골개골

오막살이 단상

— 김달진 생가

옛집은 겸손하듯 하심 하듯 나지막하다
마당에는 명품 시화들이 춤을 춘다

부럽다 못생긴 나의 시는
언제쯤 영글까

감나무 두어 개 붙어있는 까치밥
동그란 우물물에 빨갛게 스케치 한다
가을은 아무 곳에서나 정물화가 되나보다

남새밭에서 우연히 눈 맞춘 달팽이 둘
그것도 인연이라고 김장배추 속에다

신 살림 차려놓고서
손님을 초대한다

죽도시장

수산 시장 난전에는 고무통이 늘어섰다
그 안에는 동해가 밀려오고 밀려가고
도다리
살아남기 위해
납작 업드려 있다

사장님 눈치 보며 슬며시 빠져나온
대왕문어 한 마리 무어라도 채어갈 듯
어슬렁,
어슬렁거리며
이집 저집 기웃거린다

하얗게 질려버린 수족관의 오징어들
먼 고향 바다로 탈출하고 싶다고
먹물을
연신 뿜어댄다
광장의 젊은이들처럼

참외

참외가 청색 트럭에 고봉으로 쌓여있다
보고만 있어도 단 내음 폴폴 나는

저것은 생전에 엄마가 좋아하던 과일

참외는 큰 것보다 작은 것이 달다고
살 때는 작고 야문 것을 사라고

엄마는 살림의 지혜처럼 일깨워 주었다

엄마가 슬프도록 보고 싶은 날에는
꿀참외 한 봉지 가슴에 품고 쉬엄쉬엄

천자봉 묘원 가야겠다, 막내딸을 반가워할까

군항제

진해, 그리고 다시 그 사월이 돌아오면
도심 속 벚나무들이 씨줄과 날줄로
군항제 한 땀 또 한 땀
꽃수를 놓습니다

진해, 그리고 다시 그 사월이 돌아오면
꽃그늘 아래 로망스다리 여좌천이 있고
경화역 노래하는 기차가
꽃 터널로 달려옵니다

진해, 그리고 다시 그 사월이 돌아오면
거북선 해군 부두 쇠닻을 내려놓고
한반도 바다를 지키는
이지스함이 떠있습니다

호박문학회

결석도 잘 안하고 숙제도 잘해오는
복지관 호박문학회 모범생 미애 언니

미스 땐
별명이 김지미
팔순의 멋쟁이

수업하러 올 때 또각또각 구두 신고
호피무늬 치마 입고 사뿐사뿐 걸어오는

왕언니
고운 피부에
날씬한 마네킹처럼

독도

한반도 저 너머로 바다 갤러리 같은
누대 이름 없는 한 장인의 솜씨 같은
파도에 아우성치는 조각품들 즐비하다

울 엄마 웃고 있는 그 얼굴이 비칠 듯
심해의 꽃새우가 보일 듯 보일 듯한
마알간 물 위 우뚝 서 있다
가깝고도 먼 섬

꿈은 이루어진다 삼대가 덕을 닦아야
접안 할 수 있다는 짙푸른 여기에
양반가 서출 같은 존재
나 홀로 독도, 독도여

동행

마트에 엄마 따라온 세쌍둥이 유모차
21세기를 책임져야 할 미래의 떡잎들
돌잡이 삼 형제 눈빛은 반짝반짝 현란하다
혼밥 혼술 좋아하는 요즈음 세상인데
아들을 순풍순풍 셋씩이나 낳아놓고
나라에 충성을 하며 부모한테 효도하는

첫인상은 그 사람의 운명을 좌우한다고
어쩌면 인상이 저렇게 선하기도 한지
새내기 다둥이 엄마 고마워요 감사해요

제 **4**부

금둔사 홍매

소나기

소떼를 몰고 오듯 거먹구름 몰고 와

한바탕 천둥과 번개, 장대비 쏟아놓더니

제단엔 미안했던지 금방 사과를 하네

담부터 잘 지내자며 손 흔들고 돌아서다
파란색 도화지에 그림 한 점 그려 놓았네
고운 빛 빨주노초파남보
명품, 대작이네

금둔사 홍매

해우소를 기대고 낙안읍성 바라보며
저 혼자 가만히 피고 지는 납월매
설한풍 꽃 진자리에는
열매도 맺지 못하고

황진이 저리고울까 홍랑이 저리고울까
일평생 지고지순한 한 여인의 연정처럼
절간의 수줍은 납월매
꽃샘추위 더 붉다

팔용산 돌탑

의로운 한 시민이 통일의 염원 담아
돌탑을 삼십년 동안 공들여 쌓고 있다
완만한 산자락에는 돌멩이들 우주다

성황당을 지나고 부부 탑을 지나서
부처탑 앞에 서서 두 손을 모은다
애기탑 군락지를 지날 땐 발걸음 조심조심

삼용 씨는 팔용산에 탑골을 쌓아놓고
갑용 씨는 마이산에 탑사를 쌓아놓고
천 탑을 쌓는, 그날에는 남북의 벽 무너질까

사월

지구별을 날아다니는 코로나 바이러스
벚꽃이 합장하는 핑크빛 진해에는
상춘객 하나도 없는 우울한 어린 봄이다

사회적 거리두기로 소통은 깜깜이고
재채기 한 번 해도 확진자로 외면하고
승강기 이웃을 만나도 두려움이 앞선다

우리가 펼쳐내고 우리가 거둬들이는
자업자득 그 날개를 언제쯤 접어줄까
1년째 집 밖을 모르는 유배살이 하고 있다

* 코로나 19 확산방지를 위해 제58회 진해군항제가 취소되었다

볕 바라기

오종종 풀숲에 피어있는 양지꽃처럼
유모차가 만차인 골목길에 나앉아서
꼬부랑 할머니 네댓
오물오물, 오물오물…

틀니는 어디 두고 암호 같은 대화를
알 수 없는 말들을 주거니 받거니한다
하회탈 할머니들 늦도록
이야기꽃 피우고 있다

뚱한 의류수거함

청소기 놓아버리고 옷장 문을 연다
못 입는 옷가지가 계절 별로 피었다
아까워 버리지 못하고 뚱해져 못 입는 옷

특별히 의미 있는 서너 벌은 만져보고
펑퍼짐한 몸매를 슬쩍 내려다본다
진즉에 몸 관리 할 걸 후회한들 뭐하나

언제 보아도 변함없이 날씬한 여자들
멋스럽다 부러워 말고 마음을 비워야지
이참에 뚱뚱한 옷장을 과감히 비워야지

도서관에서

기적의 도서관에서 책들이 돌아앉았다
등을 보면 앞을 보지 않아도 알 수 있듯
지은이 누구인지를 제목이 무엇인지를

마음을 다독이며 감싸 안고 전면의
곧은 등을 보지 않아도 훤히 다 보인다
색깔이 무슨 색인지
출판사가 어디인지

사람 또한 그 사람의 등을 보면
어떻게 걸어왔고 어떻게 살아 왔는지
그리고 살아 온 삶이
수채화처럼 그려져 있다

92병동 4호실

철 침대 붙박이 된 골절환자 그 여자
의사가 구세주인양 의사를 기다리다
멍하니 입김 서린 창 그 창을 읽고 있다

병실은 면회사절인데 창백한 환자들과
간호사들 오고 가는 흰 발자욱 흔적뿐
혈연 간 면회 장소가 된
1층 찻집 셀레도

앳띤 여사장님 손길만 분주하고
코로나19 팬데믹을 어찌할 수 없는데
이 시대 백세인생을 골골거린 한낮이다

빈집 일지

할머니 아들 따라 요양병원 가셨다

벽시계 시침 분침 정오에 멈춰있고

들마루 목단 핀 요강단지 백자처럼 정겹다

해질녘 담장 옆에 나발머리 불두화
온몸에 주렁주렁 백등을 매달고서
할머니 가시는 길을
훤히 밝히고 있다

외딴집 · 1

정원에는 수선화 우단동자 수수꽃다리
맨 앞쪽 옹기종기 앉아있는 채송화
그리고 실바람이 품어 논 민들레 아가들

반가운 택배기사가 가끔씩 다녀가는
계절을 노래하는 색색깔의 이쁜이들
어머님 정성이 덧대져
꽃동산 같은 그 집

저 건너 까치아파트 D동 805호
수다쟁이 여자가 베란다에서 훔쳐보고
힐링을, 대리만족한다는
지붕 낮은 외딴집

외딴집 · 2

꼬끼오, 꼬끼오오 수탉이 홰를 친다
더 높고 우렁찬 우두머리의 목소리
소우주
그 집을 깨우고
오늘을 깨운다

풀섶에서 노래하는 큰 여치 한 마리
콕콕 쪼아놓고 암탉이 나올 때까지
구구구
구구거리며
기다리고 배려하는

낯선 이가 보일 때면 깃털을 곧추세우고
앞장서서 쏜살같이 확 달려 나오는
용맹한
전장의 장수 같은
저 미물의 책임감

외딴집 · 3

윗세대 여인들의 고달프고 순종했던
그 삶이 옹이처럼 박혀있는 투박한
옹기들, 물구나무서서 외딴집 울이 되었다

요즈음 편리해진 가전제품 때문에
길가로 문밖으로 밀려나 수집해온
옹기들, 먼 데서 보면
민속 박물관 같다

비 그쳐 한갓진 날 겨우내 묻은 때를
빗물에 헹궈 내고 행주로 닦아주니
옹기들, 반질거린다
정겨워서 쓰담쓰담

선상, 24시

영일만이 크루즈 고물을 따라오는데
별이 총총 등대처럼 이물에서 두런댄다
울릉도 보이지 않고 바다는 칠흑이다

오늘 하루 회색 하늘 지배할 금빛 태양
수평선 앞섶에서 불꽃같이 타오른다
먼 그대, 그대의 연정처럼
이렇듯 황홀경이다

물안개 자욱한 사동항의 이른 아침
붐비는 사람들 속, 별천지 그 속으로
민얼굴 여자가 걸어가고,
그렇게 사라졌다

카페, 낭만

한 세기가 익어가는 산동네 고소마을
시멘트 담장에는 벽화가 만발하다
그 틈새 적막한 찻집으로
마실 나온 어선들

아득한 파랑타고 떠다니는 시 한 편
수줍게 낭송하는 세련된 찻집의 여자
한때는 문학소녀였다며
쓸쓸히 웃고 있다

눈으로 수많은 여수야경의 섬들을
하나둘 짚어가며 세고 있는 사람들
다 저녁 갯바람이 춤추듯
포차 향해 불어온다

무당개구리

나뭇잎 발길에 채어 버린 비단개구리
요가 하듯 사지를 비틀며 죽은 척 한다
그런데 안과 밖이 다른
너는 이중인격자

전생에 흑임자 밭에서 놀다 왔니?
온 몸뚱이 주근깨를 뒤집어 썼구나
음흉한 짓거리 그만하고
피부 관리 좀 해

그리움과 오랜 염원 그리고
꽃들의 향연

박 지 현

(시인 · 문학평론가)

그리움과 오랜 염원 그리고
꽃들의 향연

박 지 현
(시인 · 문학평론가)

이금진 시인의 시편들은 대체로 아무 거리낌 없이 세상을 있는 그대로 주저 없이 받아들이면서도 때로는 한 발 뒤에서 삶을 마주한다. 시인 특유의 온기와 연민이 삶의 연륜에 스며들어 시인이 보아낸 세계를 통해 다양한 삶의 직관을 만나게 한다. 그 대상들은 대체로 멀리 있지 않다. 일상과 밀착되어 있거나 그 주변적 자연환경과 언제 어디서나 마음만 먹으면 쉽게 마주할 수 있는 것들이 대부분이다. 그러므로 삶을 둘러싼 자연환경이야 너무나 익숙해서 새롭지 않을 수 있겠으나 그렇지 않다. 보는 이에 따라 그 대상을 어떻게 만나고 보아내느냐 하는 문제는 가장 기초적이면서도 나만의 것이어야 하기에 늘 쉽지 않은 어려움을 야기할 수 있다.

한편 자연 서정의 결을 놓치지 않으면서 미학적 접근에 가닿는 시인의 섬세하면서도 익숙한 일상의 행보는 오직 시인만의 것임을 알게 한다. 이는 아마도 적극적이면서도 쉬지 않고 자아의 성찰을 한 결과로 자아와 마주한 시간을 게을리하지 않아서일 것이다. '장복산 골짝에서 뻐꾸기 한 마리/ 유리창을 내려다보고 슬피 울고 있다/ 무엇이 그렇게 서러우냐 나더라 어쩌라고/ 나도 펑펑 울고 싶은데 너랑나랑/ 이참에 밤새도록 한번 울어볼까// 네 녀석 뻐꾹뻐꾹 울고 나는 가만히 울고'(「달밤의 연가」 전문)의 자아 확인과 성찰의 시가 그러하다. 마지막 연 '네 녀석 뻐꾹뻐꾹 울고 나는 가만히 울고'에서 시인이 마주한 세상은 다음의 꽃으로 이어진 세계와 만나게 한다. 시인의 세상은 온통 꽃 천지여서 소박한 그만의 향기로운 세계를 엿볼 수 있다.

한여름 여리디여린

세 자매를 등에 업고

조심조심 모래언덕
오르는 덩굴손이

예전에 울 엄마처럼
손톱이 다 닳았네

—「갯메꽃」전문

　우리 주변에 널리 만날 수 있는 풀은 저마다 이름을 가지
고 있으되 익숙한 이름 외 이름보다 그냥 '풀'이라는 대상으
로 다가오는 것에 익숙하다. 이름이 있으나 오래 풀이라고 인
식해서일 것이고, 풀이라고 여겼는데 이름을 부르게 되면 왠지
어색한 느낌이 들어서일 것이다. '갯메꽃'은 바닷가 모래가 있
는 부근에서 자주 만날 수 있는 익숙한 풀이다. 내륙 쪽에서
는 주로 '메꽃'으로 불리는 것인데 약간 그 외양이 다를 뿐 거
의 같은 품종이다. 시인은 '모래언덕'의 메꽃에 주목했다. 거기
서 '한여름 여리디여린// 세 자매를 등에 업고// 조심조심 모래
언덕/ 오르는 덩굴손이// 예전에 울 엄마처럼/ 손톱이 다 닳았

네' 의 부분에 시선이 멈췄다. 뜨거운 햇볕에 옹기종기 몸이 겹친 '갯메꽃' 의 모습을 보는 순간 익숙한 기억 저 너머의 시간이 문득 눈앞에 펼쳐졌다. 너무 익숙해서 '예전에 울 엄마처럼' 손을 잡고 등에 업고 토닥이던 엄마를 만나게 한 것은 매우 자연스러운 일일지도 모른다. 하지만 메꽃에서 '손톱이 다 닳아버린 엄마' 의 모습을 보아낸다는 것은 이금진 시인만의 예리한 통찰이라고 여겨진다. 단수의 묘미는 이런 것일 것이다.

   아래의 또 다른 꽃의 시간을 만나본다.

부침개 잔치국수 재첩국 계란말이
고명으로 쓰임새가 다양한 정구지

작물은 주인 발자국 따라
키가 큰다는데

텃밭 반 평 남짓 고봉이던 초록빛
구월 햇볕 아래서 보이소 보이소

오종종 별꽃은 피어

이랑은 꽃밭입니다

— 「부추꽃」 전문

　부추꽃은 아주 소박하다. 꽃대가 위로 쭉 뻗어 올라 하얀 작
은 꽃을 무더기로 피운다. 잎이 식용인 탓에 어디서나 자주 볼
수 있는 작물이다. 마트에서 채소로도 만날 수 있고, 도심을 조
금만 벗어나면 주택가 주변 빈 땅이 있을 땐 놀리지 않은 작물
로 부추를 볼 수 있다. 식탁에서의 쓰임새가 그만큼 많기 때문
이기도 하고 어디든 가리지 않고 잘 자라 줄 뿐만 아니라 꽃을
자세히 들여다보면 매우 아름답기까지 하다. 꼿꼿이 줄기를 세
워 당당하게 하늘을 향해 피어 있는 소박한 하얀 꽃 무리를 한
발 떨어져서 보면 그렇게 아름다울 수가 없다. 진한 색상의 튤
립 무리에서 볼 수 없는 수수하면서도 인상적인 하얀 꽃 무리
가 우리에게 친숙하고 늘 어디서나 만날 수 있는 이웃이거나
친구인 것만 같은 것이 그 아름다움의 격을 달리 만든다.
　그런데 부추는 꽃을 먹기보다 잎은 매우 다양한 쓰임을 갖는
다. 작품에서 나타나 있듯 '부침개'에도 들어가고, '잔치국수'
에도 들어가고 재첩국에 작게 썰어서 고명으로도 얹어 먹고 심
지어 계란말이에 다른 채소와 함께 고명으로 들어간다. 시인은

무엇을 말하고 싶은 것일까. '나의 삶'에 매우 익숙한 증인으로 삼고 싶은 것일까? 아니면 나를 다르게 말하고 싶은 것일까. 아마 시인은 자아의 이면을 구성하고 있는 자연 친화적인 세계의 한 단면을 보여주고 싶어서일지 모른다.

'텃밭 반 평 남짓 고봉이던 초록빛'이라는 표현과 더불어 '구월 햇볕 아래서 보이소 보이소' 조용히 외치고 있는 모습을 통해 부추꽃이 가진 강인한 생명성과 '오종종 별꽃'을 보여주고 싶은 것인지도 모른다. 식용과 관상용 꽃으로서의 효용성을 동시에 드러내 보임으로써 시인이 가진 미적 세계를 구성하고 있는 것이 매우 질박한 것임을 확인하게 한다.

마당가에 우두커니 앉아있는 돌절구
돌에는 백 년쯤에야 꽃이 핀다는데
얼굴에 저승꽃 핀 듯
다문다문 돌꽃 피었네

어머니, 그 어머니가 다듬어 논 돌절구
곱디고운 연꽃 한 송이 이슬 달고 피었네
밤사이 뉘가 다녀갔을까

두 여인의 등이 떴네

— 「꽃에 대한 명상」 전문

위의 시 「꽃에 대한 명상」은 이 시집의 표제작이다. 시선을 끄는 주된 내용에 '돌절구'가 있다. 아니, 돌절구를 중심으로 이야기를 펼쳐놓고 있다. 돌절구는 아직은 그다지 낯설게 느껴지지 않으나 전국의 도시 전체가 아파트 촌으로 뒤덮인 지금은 도심에서 그리 멀지 않은 주택에서나 가끔 만나볼 수 있다. 아니, '돌절구'는 진작 박물관에 들어가 있거나 외곽지역의 고깃집의 심심찮은 볼거리로 한군데 있는 듯 없는 듯 밀쳐져 있는 경우도 본다. 유명 소설에서 등장한 돌절구는 그 작가의 집필실이나 생가의 마당에서 만나볼 수 있는 것이다. 시인은 이 부분을 놓치지 않았다. 아니 어쩌면 이 부분을 아직은 이 세상에서 사라지면 안 된다는 것을 말하고 싶은 건지 모른다.

이금진 시인이 돌절구에서 펼쳐 보인 것은 사실 매우 소박하다. 오래된 돌에서나 볼 수 있는 '돌꽃'은 깊은 산에 가서 만날 수 있는 큰 바위에 핀 '바위꽃'과 같다. 오래된 돌에서 만날 수 있다는 공통점이 있지만 돌절구의 경우 생활에 밀착된 도구의 기능을 한 것이기에 친숙한 것이다. 그러나 그런 도구에 '꽃'이 피었음을 시인은 눈여겨보았다. 예사로 지나칠 수 있을 법한 데도 시인의 눈은 '돌절구'에 핀 시커먼 '저승꽃'을 보았다. 오래 산 노인의 얼굴에 핀 검버섯도 '저승꽃'이라는 표현을 과거에는 자주 썼다. 그러나 오래된 물건과 사람에게 경과한 시간의 의미는 무엇일까. 오래되었다는 것은 지금의 시간 이전의 시간, 그 시간이 갖는 그 나름의 의미를 들여다보고 싶어서일 것이고, 그 의미가 함의하는 깊이와 무게를 만나고 싶기 때문일 것이다.

'마당에 우두커니 앉아있는 돌절구'는 '앉아있는'의 의인화를 가져온 것인데 사실 돌절구는 시인의 눈에만 앉아있을 뿐이다. 그저 놓여 있는 것이다. 그것은 도입부에서 드러난 시인의 감성은 돌절구를 보는 즉시 삶의 시간의 역사성을 떠올렸기 때문일 것이다. 한발 더 나아가 먼 시간 속 지난한 자신의 삶을 살아낸 '어머니'와 그 어머니를 또한 보아냄으로써 아득한 시간 저쪽의 돌절구에 밀착했던 삶을 살았던 어머니를 소환하고 싶은 것인지도 모른다. 지금은 그 시간을 꼭 껴안고 한자리에 꼼짝도 하지 않고 앉아있는 '돌절구'에 불과하지만 말이다. '어머니, 그 어머니가 다듬어 논 돌절구/ 곱디고운 연꽃 한 송이 이슬 달고 피었네'에서 어머니에 대한 그리움이 '곱디고운 연꽃 한 송이 이슬 달고 피었네'로 마주하면서 시인은 '꽃'에 대한 의미를 각별히 표현하고 있음을 알 수 있다. 저승꽃과 같은 '돌꽃'을 보며 '밤사이 뉘가 다녀갔을까/ 두 여인의 등이 떴네'라는 아름다운 모습을 보아내고 있으니 말이다.

시인의 시선은 곧 이동한다. 물론 꽃을 따라서이다. 작품 「외딴집·」의 '정원에는 수선화 우단동자 수수꽃다리/ 맨 앞쪽 옹기종기 앉아있는 채송화/ 그리고 실바람이 품어 논 민들레 아가들'을 마주하고 있는 시인은 동시에 관조자처럼 보이는 '저 건너 까치아파트 D동 805호/ 수다쟁이 여자'를 통해 '지붕 낮은 외딴집'을 확장하고 있다. 그곳은 '반가운 택배기사가 가끔씩 다녀가는' 곳이다. 외딴집이어서 사람들 발길이 드문 곳이기에 계절마다 수많은 꽃이 서로 어우러져 '꽃동산'을 이루고 있는 곳이다. 사람의 발길이 드물어서 더욱 꽃들은 자신의 세계를 확장하고 있는지도 모른다.

누구에게 보여주고 싶은 것은 아니니 저 스스로 삶을 확장하고 있는 건강한 생명을 발견한 시인의 눈에는 '수선화니 우단동자니 수수꽃다리나 채송화'가 그저 소박한 꽃으로 보이지 않는 것이다. 외진 곳에 핀 꽃이라서 '외딴집' 부근에 핀 꽃이어서 꽃들이 외로워하거나 그곳 사람들이 외로운 것은 아니라는 것일 게다. 누군가의 정성이 작은 꽃, 즉 생명을 확장하고 피워올리는 것은 '나'와 '너'의 연대와 확장을 보여주고 있는 강인하고 아름다운 생명을 말하고 싶은 것이다.

오종종 풀숲에 피어 있는 양지꽃처럼

유모차가 만차인 골목길에 나앉아서

꼬부랑 할머니 네댓

오물오물, 오물오물…

틀니는 어디 두고 암호 같은 대화를

알 수 없는 말들을 주거니 받거니한다

하회탈 할머니들 늦도록

이야기꽃을 피우고 있다

—「볕 바라기」 전문

위의 작품 「볕 바라기」 역시 그러하다. 오래 살아서 더 강인한, 강인할 수밖에 없는 생명의 유연함이 작품 전체에 퍼져 있다. 꽃들이 해를 따라 빙빙 돌 듯 오랜 시간 해를 받으며 살아온 '꼬부랑 할머니'들 역시 그렇다. '해-볕'이라는 공식에서 여전히 그 존재의 확장을 이루고 있다. '해'보다 '볕'이라는 표현을 통해 할머니들을 더 따뜻하게, 실제 꽃보다 더 꽃처럼 보이는 것이 이채롭다. '오종종 풀숲에 피어 있는 양지꽃'에 비유한 시인의 재치가 돋보이는 것이다. 봄 햇살에 당당하게 피어 있는 양지꽃은 매우 여린 듯 당차다. 작아서 여릴 것이라는 통념을 간단하게 잊게 하는 '양지꽃'은 노란 그 색깔도 색깔이려니와 거의 땅에 붙어 있는 듯 앙징스러운 모습은 보면 볼수록 귀엽다. 바짝 붙어 피어 서로 등 기대고 받쳐주고 밀어주고 안아주듯 어우러져 있는 모습은 보는 이의 입가를 절로 올리게 하는 것이다. '할머니'를 '양지꽃'에 비유하고 있는 시인은 좋은 눈썰미를 가졌다. '꼬부랑 할머니'들을 이른 봄날 이토록 환하게 적절한 대상을 통해 재구성할 수 있다는 것은 쉬운 일이 아니다. 이가 다 빠져 말을 할 때 '오물오물' 거리는 작고 볼품없고 초라하기 그지없는 행색의 할머니들이다. 그러한 할머니들을 시인은 이들을 이른 봄에 피어난 '양지꽃'에 비유했다. 눈부신 봄 햇살 아래 눈에 잘 띄지 않는 작은 꽃 '양지꽃'의 존재 역시 그러했을 것이다. '유모차가 만차인 골목길에' 나 앉은 '고부랑 할머니 네댓'과 겹쳐 보였음은 시인만이 가진 안목이리라. 특히 할머니들이 이야기하는 것이 그저 입을 '오물오물, 오물오물' 거릴 뿐임에도, 아니 그런 것이 봄 햇살에 도란도란 둘러앉아 앙징맞은 '양지꽃'과 겹쳐 보였는지 모른다. '틀니는 어디 두고 암호 같은 대화'를 주거니 받거니 하더라도 말이다.

시인이 보아낸 생명은 겨우내 언 땅을 뚫고 나온 억척스러운 작은 생명인 양지꽃과 강파한 오랜 세월을 이겨내고 여전히 따스하고 보드라운 새봄, '햇살=볕 바라기'를 맞이하고 있는 할머니들과 다르지 않음을 확인시켜주고 있다.

> 각이 진 벽돌과 다 닳은 타이어가
> 바닷가 스레이트 지붕 위에 앉아서
>
> 바람이
> 불어오면 서로
> 꼬옥 앉아준다
>
> 갯마을 한 가족 보금자리를 책임지는
> 저 모난 외모와 동글동글한 외모는
>
> 특별한
> 특별한 만남이다
> 손님같이 연인같이

— 「폐타이어」 전문

시인의 시선은 작은 생명체이건 그 외양이 탐탁지 않은 생명체이건 그다지 가리지 않는다. 중요한 것은 그 안에 깃든 '생명성'이다. 또한 생명성과 함께 '온기'에도 주목하고 있다는 것을 알 수 있다. 생명성이야 말할 것도 없지만 그 안에 깃든 남다른 '온기'를 찾아냄으로써 주어진 생명성에 더욱 강한 에너지를 불어넣고 있음을 알 수 있다. 시인의 시선이 '각이 진 벽돌'과 '다 닳은 타이어'를 만날 때 그들의 실존이 묘하게도 비슷하게 겹쳐져 있음을 알게 되고 그것은 곧 작품은 반전을 가져오게 한다. '각이 진 벽돌과 다 닳은 타이어'가 '바닷가 스레이트 지붕 위에 앉아서// 바람이/ 불어오면 서로/ 꼬옥 안아준다'에서 서로 결이 맞지 않는 개체가 비슷한 상황을 만났으나 서로 내치기는커녕 오히려 '꼬옥 껴안아'주고 있다는 것을 시인은 말하고 싶은 것이다. 이들의 존재는 이미 쓸모가 다해 버려질 수밖에 없다.

그러나 버려지기 전에 자신의 역할을 다시 한번 더 해내는 존재로 재탄생하고 있다는 것을 시인은 곧 발견한다. 이들 폐품의 재구성으로 '갯마을 한 가족 보금자리'를 든든하게 지켜주고 있음을 보여줄 뿐만 아니라 이들 개체의 의인화가 얼마든지 온기를 만들어낼 수 있다는 것을 시인은 능청스럽게 마무리한다. '특별한/ 특별한 만남이다/ 손님같이 연인같이'라는 표현을 입힘으로써 이들의 연대가 서로 낯선, 볼일 없는 폐품의 신세로 떨어지는 것이 아닌, 재탄생의 기회로 생명성을 가진 존재가 되고 있음을 따뜻한 시선으로 읽어내리고 있다는 것을 알 수 있다.

마천동 주민센터 앞마당에는 접시꽃

다층으로 피어서 생글생글 방긋방긋

환하게 안녕하세요
웃으며 맞이한다

어서 오세요, 뭘 도와 드릴까요

친절한 공무원이 반갑게 인사하듯

뙤약볕 더운 줄도 모르고
여름꽃 한창이다

—「접시꽃」전문

　아주 친절하고 평범한 인상을 가진 '접시꽃'을 보여주고 있는 이 작품 역시 시인만이 가진 주어진 '생명성'과 그들만의 존재감을 잘 드러내 보이고 있다. 우리 주변에 흔한 '접시꽃'의 존재이기에 더욱 친근한 꽃이다. 그러므로 '마천동 주민센터'의 '친절한 공무원'으로 변환할 수 있는 것이다. 혹한이든 뙤약볕의 불볕더위이든 묵묵히 제 할 일을 다 해내는 평범한 공무원을 떠올린 시인의 평범하지 않은 따스한 마음을 읽어낼 수 있는 것이다. '어서 오세요, 뭘 도와 드릴까요'로 겹친 '접시꽃'의 존재는 아마도 시인만의 안목에서 꽃핀 것일 테지만 공감을 얻어 내기에 충분한 개연성 또한 읽히는 것이다. 꽃을 연민하고 사랑하며 곁을 주는 시인의 모습을 읽을 수 있는 대목일 것이다.

겨울도 봄도 아닌 어중간한 그사이
아득한 순천만 갈대밭을 지나서
선암사 무우전 담장에 핀
고매화 보러 오셔요

조계산 산그늘이 드리울 즈음이나
꽃비가 난분분 난분분 내리기 전
꼭 한 번 놀러 오세요.

그대를 기다릴래요

그대의 삶에 근심 걱정이 있다면
아무런 생각 없이 천년 절집 오셔서
대문 옆 뒷간 들렀다가
싹 비우고 오셔요

—「뒷간」 전문

위의 작품 「뒷간」에서도 꽃은 등장한다. 시인이 즐겨 차용한
꽃의 의미는 다양할 것이나 이 작품에서는 조금 다른 양상을
보인다. '고매화'를 보러올 때는 조건이 붙는다. '겨울도 봄도
아닌 어중간한 그사이'라는 기간의 조건이 붙는다. 물론 꽃이
피는 시기에 맞게 와야 할 것이지만 계절의 '어중간한 그사이'
를 설정한 것이다. 거기에다 '조계산 산그늘이 드리울 즈음'과
'꽃비가 난분분 난분분 내리기 전'이라는 단서 조항도 붙는다.
'드리울 즈음'이거나 '난분분 내리기 전'이라는 때를 맞춰야
한다는 것이다.

그러나 이 모든 것은 '대문 옆 뒷간 들렀다가'라는 마지막
단서에 주목하게 한다. '그대의 삶에 근심 걱정'이 있다면 말

이다. '고매화'를 보러 갈 때 고매화의 기운을 받으려면 내 삶에 근심 걱정거리를 다 내버리고 와야만 제대로 만날 수 있다는 전제가 붙을 수밖에 없을 것이다. '천년 절집'에 핀 오래된 매화는 그 살아온 기간만큼의 기운을 가지고 있다는 말일 것이다. 제대로 속을 비워야만 제대로 된 기운을 받아 안을 수 있다는 시인의 일침이 아닐 수 없다. 이 작품에서 만날 수 있는 '고매화'의 아름다움은 제목 '뒷간'에서 읽히듯 묵힌 것을 버려야만 새것을 얻을 수 있으며 그 향기가 주는 아름다움을 얻을 수 있다는 것일 게다.

해우소를 기대고 낙안읍성 바라보며
저 혼자 가만히 피고 지는 납월매
설한풍 꽃 진자리에는
열매도 맺지 못하고

황진이 저리고울까 홍랑이 저리고울까
일평생 지고지순한 한 여인의 연정처럼
절간의 수줍은 납월매
꽃샘추위 더 붉다

— 「금둔사 홍매」 전문

재미있게도 위의 작품 역시 아름다운 '홍매' 역시 '해우소'를 기대고 있다. 물론 우연의 일치이거나 그 비슷한 것일 수 있다. 시인의 시선이 꽃에서 꽃으로 옮겨가면서 그 시간을 함께하고 있음도 알 수 있다. 꽃을 바라보는 시인은 시선은 정작 꽃을 통해 자아동일성의 모습을 유추하게 한다. 물론 어디까지나 추측이긴 하지만 꽃을 바라보는 시인의 시선이 그리 단순하지 않아서이다. 대체로 많은 이들이 꽃을 통해 어떤 인물을 그려내거나 그와 연관성이 있는 일을 작품에 활용하는 일이 흔한 일이긴 하나 시인이 지닌 감성은 작품에서 작품으로 자연스러운 정서와 함께 유관하게 이어져 있음을 알 수 있다.

　'설한풍 꽃 진자리에는/ 열매도 맺지 못하고' 라는 애처로운 연민을 주었다가 '황진이 저리고울까 홍랑이 저리고울까' 라는 옛 여인의 모습을 통해 반추된 꽃의 정서가 비록 고답적인 표현을 차용했음에도 시인의 정서와 합일되고 있는 부분에 있어 고개를 끄덕이게 하고 있다. '정말로 아름다우면 말로 표현할 수 없다, 그 어떤 말로도 표현할 재주가 없다' 라는 등등의 말을 하곤 한다. 우리의 공통된 기억의 하나로 유명한 옛 여인의 아름다운 모습을 학교 수업이나 책을 통해 전달받았으므로 쉽게 불려 나오기도 하는 것이다. 아마 '오래된 것' 의 공통점을 가졌기에 더욱 그러할 것이다. 시간과 공간은 이렇듯 현재와 과거라는 종횡의 정서를 휘젓고 있다는 것을 시인의 작품을 통해 확인한다.

이금진 시인의 작품들은 대체로 섬세하면서도 대상에 대한 시선의 깊이를 엿보게 한다. 그 넓이와 깊이는 다소 차이가 있을 수 있으나 작품 편편이 가진 호흡과는 달리 짧은 내용일지라도 내용이 유장할 때 호흡을 길게 잇기도 한다. 순간순간의 감정에 호소하며 대상에 천착하나 그 대상이 가진 이면을 간과하거나 쉽게 놓치지 않는 여유와 유연함도 보여주고 있다.

'해종일 오지 않는 그대를 기다리네/ 목포벌에 기대 사는 하얀 집 한 채// 들머리 개성이 다른 시화들은 손을 잡고// 발코니에서 서성이던 중절모 노시인/ 저만치 사지포 어깨 위에 내려앉은// 꽃노을 바라보면서 무슨 생각 하실까// 쪽지벌 세트장에 다 낡은 조각배 하나/ 구월 근처 서걱거리는 갈댓잎 꺾어서// 초록빛 칠십만 평의 긴 긴 일기를 쓴다'(「그리고 우포 -우포시조문학관」 전문)을 읽으면서 시인이 가진 큰 잠재력에 힘을 실어본다.

시집 전편에서 고루 보여준 삶과 시선의 깊이와 치유의 시간까지 읽어내리는 것이 오직 내 것만이 아니라 이웃의 작은 대상을 확대하여 삶의 무게에 적용하는 에너지가 웅숭깊다는 것을 확인했기 때문이다.